ALINE BARROS
apresenta
As mais lindas histórias da
Bíblia

Ilustrações
José Paschoal da Silva

Este livro pertence a:..

....

Data: ..../............../...............

Minha igreja:..

Meu versículo preferido: ....

....

NOVO CÉU

Conheça a turminha que vai conduzir você nesta aventura pelas historinhas bíblicas mais lindas

ALINE

Aline é a líder da turminha. É aquela amiga que gosta de ajudar em qualquer situação. Ela está sempre de bom humor e disposta a unir as pessoas e despertar o que há de melhor nelas. Seu dom é louvar e ensinar a palavra de Deus.

QUAQUITO

Quaquito é o artista da turminha. Tem muito carisma e gosta de cantar sempre que tem uma oportunidade. É também o intelectual que adora ler e conhecer coisas novas.

ROBOZINHA

A Robozinha é muito esperta e rápida. Tem resposta para tudo na ponta da língua, além de ser muito criativa. É delicada, por isso também é a xodozinha do grupo.

TICO PINGUIM

Tico é o mais engraçado da galera. Com seu jeitinho desengonçado, é muito brincalhão. É garantia de boas risadas, mas também de muita doçura.

BLUEDOG

Bluedog é o cachorrinho amigo, bonitinho e dócil que todo mundo gosta de ter por perto. Mas também é o defensor, e podemos contar com ele a qualquer momento. É a mascote do grupo.

Aponte a câmera de seu celular para este código QR e assista a **ALINE BARROS** apresentando sua turminha

As historinhas desta edição

A Criação 4

Adão e Eva 14

A Grande Chuva 24

Moisés e o Povo de Deus 34

Os Dez Mandamentos 44

Josué e a Muralha 54

Aponte a câmera de seu celular para este código QR e assista a **ALINE BARROS** dando dicas para fazer seu desenho

Esta página é para você!

Depois de ouvir a história da Criação, use este espaço em branco para desenhar alguns de seus animais preferidos.

O Criador ficou satisfeito, e ao homem falou assim:
— Este é o lugar que lhe dou para dominar. Alimente-se de toda árvore que está no jardim. Dê nome a todo ser vivente e cuide de todo este lugar! Mas não coma da árvore do conhecimento do bem e do mal, é bom você me escutar!

Mas Adão fazia tudo sozinho e o Criador o quis presentear. Deus pensou: "Não é bom que o homem esteja só! Vou dar a ele uma companheira e ela o auxiliará. Será sua ajudadora, e os dois, juntos, irão se multiplicar!" Então o Senhor fez o homem dormir e, de sua costela, criou a mulher para com ele se unir. Assim, com aquele presente, a família passou a existir!

Aponte a câmera de seu celular para este código QR e assista a **ALINE BARROS** dando dicas para fazer seu desenho

Esta página é para você!

No Jardim do Éden havia muitas árvores que davam frutos bem bonitos e gostosos. Vamos desenhar algumas?

A Grande Chuva

Aponte a câmera de seu celular para este código QR e assista a **ALINE BARROS** apresentando esta história

Depois de Adão e Eva, o mundo cresceu e ficou cheio de gente. O pecado fez o coração do ser humano ficar diferente. Ao ver tanta maldade, Deus se entristeceu. "Vou fazer um mundo novo", ele então resolveu.

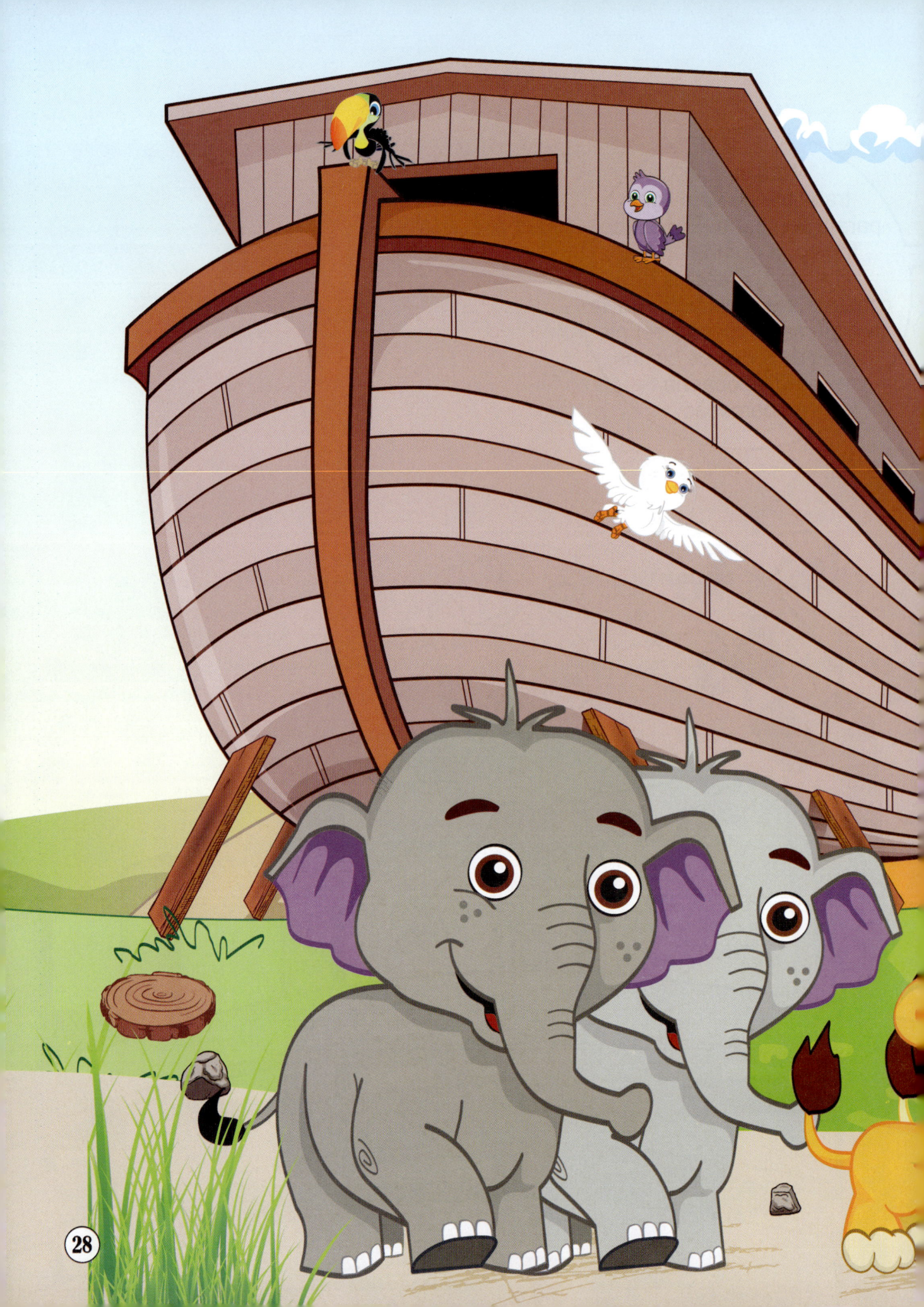

A água toda se foi depois que a chuva parou. A bicharada saiu do barco e pela terra seca se espalhou. Noé viu um arco-íris logo depois que desembarcou. Era um sinal de Deus: nunca mais a terra inundou.

O Criador ficou satisfeito, e ao homem falou assim:
— Este é o lugar que lhe dou para dominar. Alimente-se de toda árvore que está no jardim. Dê nome a todo ser vivente e cuide de todo este lugar! Mas não coma da árvore do conhecimento do bem e do mal, é bom você me escutar!

Mas Adão fazia tudo sozinho e o Criador o quis presentear. Deus pensou: "Não é bom que o homem esteja só! Vou dar a ele uma companheira e ela o auxiliará. Será sua ajudadora, e os dois, juntos, irão se multiplicar!" Então o Senhor fez o homem dormir e, de sua costela, criou a mulher para com ele se unir. Assim, com aquele presente, a família passou a existir!

Certo dia, bem discreta, a serpente apareceu, fingindo ser amiga, e convenceu a mulher a desobedecer a Deus. Assim, Eva pegou o fruto e dele comeu, não fazendo o que Deus instruiu. E deu um pedaço ao marido, que também o engoliu.

Depois, os dois tiveram medo e logo foram se esconder porque sabiam que o Criador iria se entristecer. Por causa da desobediência, que é pecado para Deus, no jardim maravilhoso não mais puderam morar. Então, muito tristes, saíram e foram para outro lugar.

Esta página é para você!

Aponte a câmera de seu celular para este código QR e assista a **ALINE BARROS** dando dicas para fazer seu desenho

No Jardim do Éden havia muitas árvores que davam frutos bem bonitos e gostosos. Vamos desenhar algumas?

A Grande Chuva

Aponte a câmera de seu celular para este código QR e assista a **ALINE BARROS** apresentando esta história

Depois de Adão e Eva, o mundo cresceu e ficou cheio de gente. O pecado fez o coração do ser humano ficar diferente. Ao ver tanta maldade, Deus se entristeceu. "Vou fazer um mundo novo", ele então resolveu.

O Senhor decidiu mandar chuva até cobrir todo o continente. Mas havia um homem justo, bondoso e obediente. Seu nome era Noé, e Deus deu a ele uma missão especial: construir um grande barco antes do temporal. Noé e sua família trabalhavam a semana inteira. Serravam e pregavam, encaixando cada madeira.

— Cuidado — Noé dizia —, um dilúvio está pra chegar. Só quem estiver neste barco é que irá se salvar.
O povo, ouvindo aquilo, ria muito e zombava: não havia nenhuma nuvem quando para o céu se olhava.

Noé seguiu trabalhando sem ligar para a zombaria. Em pouco tempo, a grande chuva chegaria. E depois de construir a grande arca, havia mais uma ocupação: reunir pares de todos os bichos para colocar na embarcação.

28

Quando a arca ficou pronta, surgiram os animais. Em fila, entraram na arca, formando vários casais. A família de Noé também embarcou. Ninguém ficou para trás.

30

Choveu por quarenta dias, era água para todo lado. Do lado de fora da arca, estava tudo molhado. Mas, do lado de dentro do barco, tudo seco e bem cuidado.

A água toda se foi depois que a chuva parou. A bicharada saiu do barco e pela terra seca se espalhou. Noé viu um arco-íris logo depois que desembarcou. Era um sinal de Deus: nunca mais a terra inundou.

Aponte a câmera de seu celular para este código QR e assista a **ALINE BARROS** dando dicas para fazer seu desenho

Esta página é para você!

Que tal você desenhar aqui um barco bem grande e pintar um arco-íris em cima?

Moisés e o Povo de Deus

Aponte a câmera de seu celular para este código QR e assista a **ALINE BARROS** apresentando esta história

Moisés nasceu no Egito, filho de Joquebede e Anrão. Ele era o mais novo de três filhos; seus irmãos eram Miriam e Arão.
Por três meses, o bebê Moisés ficou escondido do Faraó, que não tinha compaixão nem dó. O rei malvado não queria ver o povo hebreu crescer, por isso decidiu que nenhuma criança escrava poderia viver.

Então, para proteger Moisés, sua mãe construiu um cestinho e o escondeu com carinho. Depois o colocou no rio Nilo e ele foi embora, navegando.
Miriam, sua irmã, ficou de longe, só olhando.
Ao tomar banho no rio, a filha do Faraó encontrou logo o cestinho. E quando ela o abriu, viu um lindo bebezinho!
Miriam, que olhava de longe, logo correu para dizer:
— Eu sei quem pode cuidar do bebê para você!
A princesa concordou e Joquebede alimentou o menino até ele crescer. E um príncipe do Egito Moisés logo se tornou, pois a princesa do Nilo com amor o adotou.

Um dia, quando estava caminhando, Moisés viu um escravo apanhando e teve que defendê-lo. Por causa do que aconteceu, o Faraó quis prendê-lo. Moisés fugiu para bem longe, onde ninguém o achou. Depois, ele se casou e uma família formou. Como pastor de ovelhas, começou a trabalhar. Ele vivia feliz, com seus bichos para cuidar. Mas um dia, de repente, uma ovelhinha sumiu. E quando foi procurá-la, algo estranho ele viu.

Uma planta estava queimando, mas o fogo não ardia. Apesar de estar em chamas, ela não diminuía. E do meio do arbusto, a voz de Deus lhe falou:
— Volte logo para o Egito, pois meu povo está com dor, dia e noite me pedindo que envie um salvador! Vou usar a sua vida para este milagre fazer, e vou encher a sua boca com palavras de poder.

Moisés voltou ao Egito e pediu a Faraó para soltar o povo hebreu. Mas o rei, que era teimoso, ouviu e não atendeu. Não se importou com o que Moisés falava. Era para soltar o povo, mas o rei mau não soltava. Então dez pragas Deus enviou, zangado, para que o Faraó obedecesse a tudo que foi mandado. Toda a água virou sangue, depois foram as rãs que chegaram. Depois moscas e piolhos pelas casas se espalharam. As pessoas só gritavam, com aquela confusão. Mesmo assim, o Faraó não abriu seu coração.

Então outra praga terrível fez todo o gado morrer.
E machucados no povo começaram a aparecer. Uma tempestade de fogo começou a cair. Mesmo assim, o Faraó não deixou o povo ir.
Gafanhotos aos milhares destruíram a plantação. E depois, todos ficaram três dias na escuridão. Mesmo assim, o Faraó não soltou o povo, não!

Foi então que a pior das pragas aconteceu. Em cada casa do Egito, o filho mais velho morreu. Só nas casas dos hebreus a praga não pôde entrar. O povo do Egito chorou quando a praga terminou. Só assim o Faraó ao povo hebreu libertou. Ele era o culpado pelo que havia acontecido. Tudo estaria bem se tivesse obedecido.

O povo hebreu saiu feliz, liberto da escravidão. Mas o Faraó se arrependeu de ter dado permissão. Ele chamou seu exército para fazê-los voltar. E conseguiu avistá-los lá longe, perto do mar.

Moisés olhou para o céu, pedindo uma solução. Seu povo não poderia voltar à escravidão. Então o Senhor falou:
— Olhe para sua mão! Estenda o seu cajado e diga ao povo para marchar! Foi assim que o povo hebreu conseguiu atravessar, andando no Mar Vermelho e sem precisar nadar. Todos ficaram felizes, cantando e dançando para Deus. O Senhor sempre ajuda a todos os que são seus.

Esta página é para você!

Aponte a câmera de seu celular para este código QR e assista a **ALINE BARROS** dando dicas para fazer seu desenho

As águas do Mar Vermelho foram divididas para que os hebreus pudessem passar.
Faça um desenho de Moisés segurando seu cajado.

Os Dez Mandamentos

Aponte a câmera de seu celular para este código QR e assista a **ALINE BARROS** apresentando esta história

Depois de sair do Egito e fugir do Faraó para começar uma nova vida, o povo de Deus viveu anos no deserto, buscando o caminho certo para a terra prometida. Para ajudar as pessoas a serem obedientes em todos os momentos, o Senhor decidiu dar a elas dez mandamentos.

No alto do Monte Sinai, com muito poder vindo do céu, Deus escreveu em duas pedras os Dez Mandamentos para o povo de Israel. Moisés recebeu as tábuas da Lei que o Senhor determinou para os hebreus.

1) Só Deus merece nossa adoração.
2) Falsos deuses de madeira ou pedra? Isso não!
3) O nome do Senhor Deus não deve ser usado em vão.

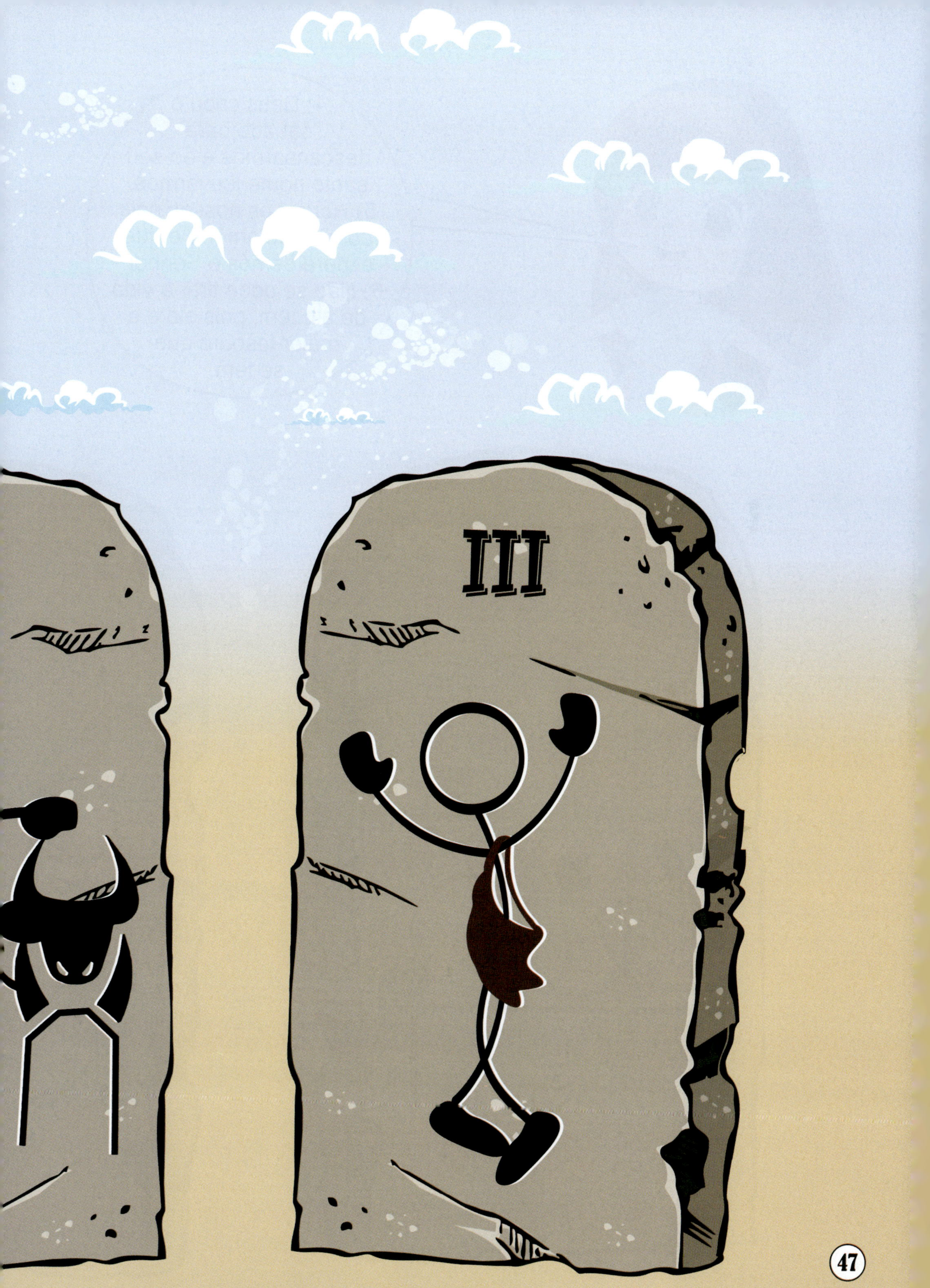
III

4) Deus criou o sábado para descansarmos e ao seu santo nome louvarmos.
5) Honrar os nossos pais com muito amor é o que espera de nós o Senhor.
6) Não se pode tirar a vida de alguém, pois ela é o maior tesouro que se tem.

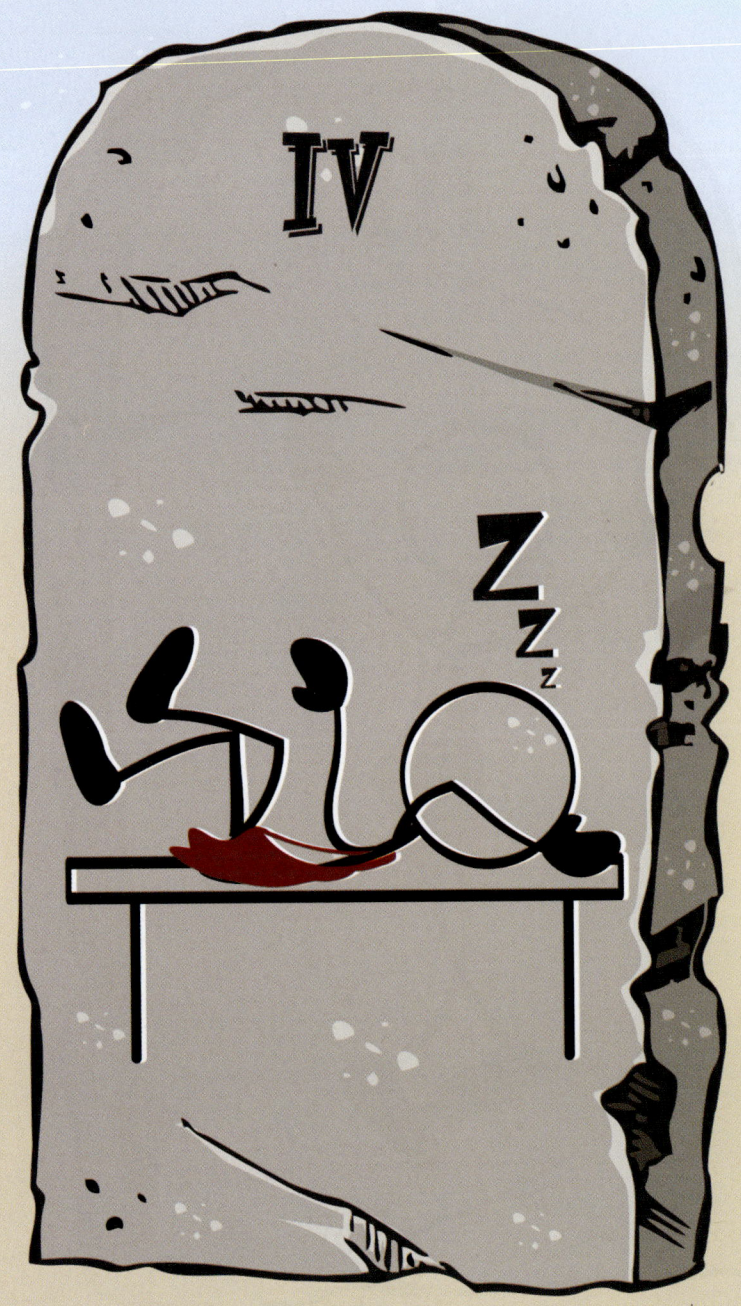

VI

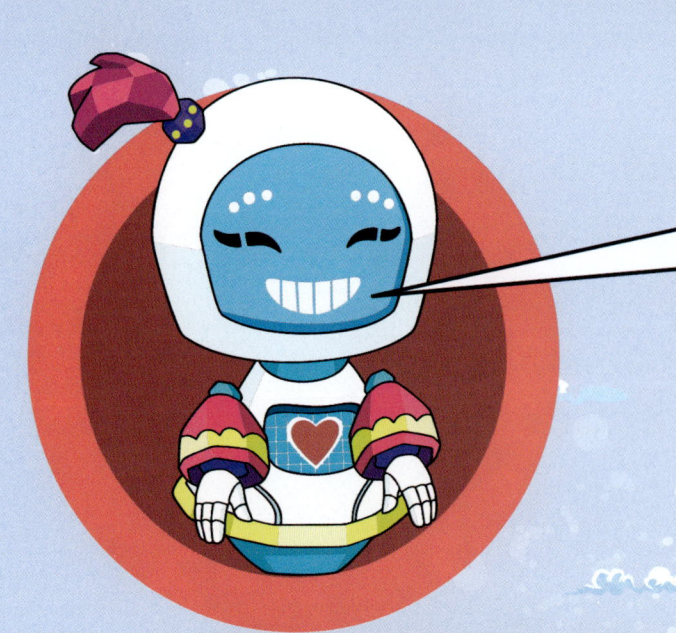

7) Viver para quem se ama é gostoso e divertido: o marido é só da esposa, a esposa é só do marido.
8) Ficar com algo que não nos pertence é errado. Por isso, roubar é pecado.

9) Guarde mais esta lei em seu coração: não minta quando falar de seu irmão.
10) Tudo o que temos foi o Senhor quem nos deu. Então não precisa cobiçar aquilo que não é seu.

Depois que desceu do Monte Sinai, Moisés leu todas as leis de novo. Eram mandamentos do Senhor para a obediência de seu povo. Em duas tábuas Deus escreveu, e Israel obedeceu.

Esta página é para você!

Aponte a câmera de seu celular para este código QR e assista a **ALINE BARROS** dando dicas para fazer seu desenho

Desenhe um monte bem alto, igual ao Sinai, com as duas tábuas dos mandamentos de Deus.

Josué e a Muralha

Aponte a câmera de seu celular para este código QR e assista a **ALINE BARROS** apresentando esta história

Depois que Moisés foi para o céu, Deus falou com Josué. Ele era obediente, verdadeiro e bom ouvinte. Então Deus o escolheu e lhe disse o seguinte:
— Conheço o seu coração e sei como é sua vida. Leve esta geração para a terra prometida. E todo lugar que pisar será seu, pois lhe darei. Nunca lhe abandonarei, nem jamais lhe deixarei.

E o Senhor foi falando e Josué escutando:
— Seja forte e corajoso para liderar o povo. Como fiz com Moisés, eu vou ajudar de novo. Mas você só vai vencer quando me obedecer. Por isso, tome cuidado de nunca se esquecer de tudo o que ensinei. Nunca deve se afastar das ordens que eu lhe dei. Pense na minha palavra, dia e noite, em todo tempo, e saiba que estarei presente a cada momento.

Depois de ouvir Deus falar, prestando bastante atenção, Josué se preparou para falar à multidão:

— Atenção, todos do acampamento! Preparem os suprimentos! Juntem os equipamentos!
O povo se arrumou e obedeceu! Na palavra do Senhor, cada homem e mulher creu. E eles começaram a andar para a terra que iriam ganhar.

Três dias depois, veio o primeiro desafio: Josué e o povo de Israel tinham que atravessar o rio. Deus fez um grande milagre e eles conseguiram passar. Chegaram do outro lado sem ninguém se afogar. O rio ficou sem água e puderam caminhar.

O povo agradeceu a Deus pela ajuda na travessia. Chegaram do outro lado sequinhos e com alegria. O segundo desafio era grande, veja só: teriam que conquistar a cidade de Jericó! Um, dois, três, quatro, cinco, seis! Seis dias inteirinhos ficaram a marchar em volta da cidade que deviam conquistar. Que cena grandiosa! Consegue imaginar?

Sete sacerdotes tocando uma buzina, nenhum deles desafina enquanto o povo vai marchando, caladinho, só orando.

Uma vez em cada dia, conforme o Senhor falou.
Ao chegar o dia sete, a tarefa aumentou.
Seis vezes eles ficaram circulando. Todos eles em silêncio e só o louvor tocando. Mas a sétima volta chegou e a trombeta tocou. E então, numa só voz, o povo todo gritou. *Brumm!!!!*
A muralha veio abaixo e Israel conquistou aquela cidade forte que o Senhor derrotou.

E o povo aprendeu o que é obedecer. Tudo o que Deus promete, ele faz acontecer. Josué foi um homem forte durante toda a sua vida, por isso guiou o povo para a terra prometida. Mas ele só venceu porque obedeceu. Se você fizer tudo que o Senhor mandar, muitas coisas neste mundo poderá conquistar.

Aponte a câmera de seu celular para este código QR e assista a **ALINE BARROS** dando dicas para fazer seu desenho

Esta página é para você!

Que tal você desenhar o muro de Jericó?

Copyright © 2022 por Aline Barros e Gilmar Santos

Direitos de edição da obra em língua portuguesa no Brasil adquiridos pela Novo Céu, selo da Editora Nova Fronteira S.A. Todos os direitos reservados. Nenhuma parte desta obra pode ser apropriada e estocada em sistema de banco de dados ou processo similar, em qualquer forma ou meio, seja eletrônico, de fotocópia, gravação etc., sem a permissão do detentor do copirraite.

Editora Nova Fronteira S.A.
Rua Candelária, 60, 7º andar — Centro — CEP 20091-020
Rio de Janeiro — RJ — Brasil
Tel: (21) 3882-8200

Dados Internacionais de Catalogação na Publicação (CIP)

B277m   Barros, Aline

As mais lindas histórias da Bíblia / Aline Barros. Ilustrações de José Paschoal da Silva. – 1ª ed. – Rio de Janeiro: Novo Céu, 2022.
64 p.; 20,5 x 27,5 cm

ISBN: 978-65-84786-00-4

1. Cristianismo. I. Título.

CDD: 230
CDU: 27

André Queiroz – CRB-4/2242

Direção editorial:	Daniele Cajueiro
Editor responsável:	Omar Souza
Produção editorial:	Adriana Torres, Júlia Ribeiro, Mariana Lucena
Textos:	Lucas NS e Noemi Oliveira de Paula
Revisão:	Anna Beatriz Seilhe
Artes, capa e diagramação:	José Paschoal da Silva
Impressão:	Gráfica Aero
Papel:	Couché fosco 90g/m² (miolo); Cartão 250g/m² (capa)

Este livro foi impresso em agosto de 2022 para o Novo Céu.